An Nollaig le hAintín Máirín

Eleanor Gormally

Arna fhoilsiú 2007 ag
Foilseacháin Veritas
7/8 Sráid na Mainstreach Íochtarach
Baile Átha Cliath 1, Éire
Ríomhphost publications@veritas.ie
Suíomh gréasáin www.veritas.ie

10 9 8 7 6 5 4 3 2 1

ISBN 978 1 84730 082 9

Tá tuairisc catalóige don leabhar seo ar fáil ó Leabharlann na Breataine.

Dearadh le Paula Ryan
Betaprint Teo a chuir i gcló in Éirinn

Tá leabhair Veritas clóbhuailte ar pháipéar ó laíon adhmaid foraoiseacha bainistithe. Do gach crann a leagtar, cuirtear ar a laghad crann amháin nua, athnuachtar leis sin acmhainní nádúrtha.

Do mo Dhaid, le fíor-ghrá

Bhí cónaí ar Aintín Máirín i dteachín beag ag bun páirce sléibhtiúla. Bhí aghaidh leathan aici, gruaig chomh bán le sneachta, leiceanna chomh bog le péitseog agus lámha ollmhóra chun barróg a bhreith ort.

Gach aon bliain, Oíche Nollag, théadh Liam óg agus Eimear ar cuairt chuig a nAintín Máirín. Bhaineadh siad an áit amach go luath agus d'imeodh siad roimh titim na h-oíche.

An bhliain áirithe seo thosaigh an sneachta ag titim le linn d'Eimear agus do Liam a bheith ag dul trasna na bpáirceanna taobh thiar d'a dteach féin agus iad ag dul i dtreo teachín Aintín Mháirín. Sáite thíos sa mhála ar dhroim Eimear bhí brontannais, fillte i bpáipéar dearg, geal, ruithneach.

'Sibh féin atá ann,' bhí aoibh an gháire ar Aintín Máirín, agus í ag baint an laiste den doras chun iad a ligint isteach. 'Cheap mé nach dtiocfadh sibh choíche!' Sciurd Eimear agus Liam isteach, na sceitiminí orthu agus chuir siad an fleasc cuilinn nach-raibh-chomh-cruinn-sin ag guagaíl agus ag liongadán.

'Tá brontannais againn duit,' a scairt siad. Bhí Aintín Máirín ag gáire, ghlac sí leis an bheart páipéir drithleach agus bhain sí an clúdach go cúramach den phacáiste. Gallúnach cumhra bándearg agus próca ungadh éadáin greamaitheach bán a bhí ann! I rith an ama, lean an sneachta ag titim go ciúin.

Ba bhreá le hEimear agus le Liam cuairteanna seo na Nollag. Ba bhreá leo an fleasc cuilinn agus eidhneáin nach-raibh-chomh-cruinn-sin agus a bhí ag luascadh ar an doras tosaigh.

Ba bhreá leo an crann mór Nollag a bhí sa halla, agus é ag claonadh. Ba bhreá leo boladh na tine móna a bhí sa chistin teolaí. Ach thar gach aon rud eile ba bhreá leo scéalta Aintín Mháirín!

Bhain Eimear di a cuid láimhíní olanda agus théigh sí a lámha cois tine. Thit an sneachta go tiubh agus go trom. Bhí Liam ag cuartú na milseán a bhí curtha i bhfolach ag Aintín Máirín ar fud an teachín. Charn an sneachta níos airde agus níos airde i gcoinne an dorais agus na bhfuinneog. Ach níor thug éinne faoi deara é.

'Wow! Breathnaigí ar an sneachta,' a scairt Liam amach, ag brú a shróin i gcoinne na fuinneoige fuaire nuair a tháinig an t-am dóibh dul abhaile. D'amharc Aintín Máirín amach ar an phluid gheal ghlioscarnach. 'Ní bheidh sibhse ag dul abhaile sa sneachta sin,' arsa sise. 'B'fhearr don bheirt agaibh fanacht liom-sa anocht.'

Rith na deora síos ar ghrua plucach Liam. 'Cad faoi Dhaidí na Nollag?' a bhéic sé. Ansin ag smaoineamh dó ar a stoca Nollag thosaigh sé ag osnaíl níos láidre fós. 'Tá mé ag iarraidh dul abhaile, ANOIS!' Ní raibh aon mhaitheas fiú i milseáin Aintín Mháirín! Rug Eimear barróg ar Liam. 'Ná bí ag caoineadh, a Liam,' ar sí, a haghaidh lán de bhrícíní gréine á dingeadh aici ina phus siúd. 'Beidh a fhios ag Daidí na Nollag cá bhfuil muid! Fan go bhfeice tú!'

'Cad a déarfá, a Liam, dá rachadh muid amach chun na hainmhithe a sheiceáil?' arsa Aintín Máirín ag glacadh a láimhe bige.
D'fháisc sí é i sean-chóta léi féin agus chuaigh siad ag spágáil leo sa sneachta. 'Ní féidir linn dearmad a dhéanamh de na ba bochta nó den asal anocht thar aon oíche eile,' ar sí, ag tabhairt lán láimhe féir do Liam.

Thosaigh an t-asal ag sróiníneacht ar an bhuachaill óg deorach agus é ag munglaíl féir óna lámha! 'Nuair a bhí mise i mo chailín beag thugadh mo Dhaidí riar breise féir i gcónaí do na beithigh Oíche Nollag,' arsa Aintín Máirín le Liam agus í ag scaoileadh corna úr agus á thabhairt do na hainmhithe.

'Tá sé go deas teolaí istigh anseo,' arsa Liam. 'Muise, murach teas na n-ainmhithe,' arsa Aintín Máirín, 'conas a d'eireodh le Muire agus Iósaef an leanbh Íosa a choinneáil te ar an chéad Oíche Nollag úd?' Rinne Liam sciotaíl agus é ag smaoineamh ar leanbh ag luí isteach le **bó** nó le **h-asal!**

D'fhan Eimear sa teachín. Ar dtús bhí sí ag súgradh leis an mhainséar cheoil a bhí ar leic na fuinneoige. Ansin bhí sí ag faire amach do charr sleamhnáin Dhaidí na Nollag. Faoi dheire chuala sí Aintín Máirín agus Liam ag filleadh ón scioból.

Bhí ribíní féir ag gobadh amach as gruaig Liam ach ní raibh táisc ná tuairisc ar charr sleamhnáin, ná ar reinfhia, ná ar fhear féasógach i gclóca dearg. Bhí díoma uirthi. Thiontaigh Eimear i dtreo a haintín agus chuir sí an cheist a bhí sí ag iarraidh a chuir ó thús an tráthnóna. 'An n-inseoidh tú ceann de do scéalta-sa dúinn? **Le do thoil?**' Bhí súile Aintín Mháirín ag soilsiú agus í ag smaoineamh ar an méid a bhí le teacht. 'Inseoidh mé cinnte, a thaisce,' agus aoibh ar a béal, 'ach ar dtús osclaimís cuid de na rudaí deasa atá faighte againn.'

I luisne bhog na cistine néata, bhí Eimear ag faire le h-iontas ar Aintín Máirín agus í ag tógáil anuas bosca mór donn den chófra agus á chur go cúramach ar an tábla.

'Cad é sin?' a scáirt Liam agus é sna sceitimíní. 'Bosca na Nollag,' arsa Aintín Máirín. 'Bronntannas a tháinig ó shiopa an tsean Bhúrcaigh thíos sa sráidbhaile gach Nollaig le mo chuimhne.' Bhí na páistí ag síneadh a muineál amach ag iarraidh spléachadh fáillí a thabhairt ar cad a bhí istigh sa bhosca. 'Bíonn sibh imithe abhaile de gnáth nuair a osclaím é,' ar sise. 'Anois breathnaimís ar cad a thug ár sean-chara dúinn i mbliana.' Lig Aintín Máirín do na páistí seal a ghlacadh ag baint amach na rudaí deasa: liamhás breactha le clóbhanna spíosraithe, turcaí réidh chun dul san oigheann, mearóg na Nollag ramhar agus cruinn, sú chraobh bán-dearg i bpróca gloinne boilgeach, brioscaí seacláide, milseáin taifí agus an cáca Nollag ba ghleoite dá bhfacthas riamh ar a raibh ní hé fear Nollag amháin ach triúr acu báite sa siúcra reoáin bán! Bhí an tábla ládáilte faoi na rudaí deasa ab iontaí dá bhfaca na páistí riamh.

Stad Aintín Máirín agus bhreathnaigh sí thart ar a cistin néata, ar an tábla luchtaithe le bia, ar na páistí, a súile ag lonradh le haoibhneas. Rinne sí mionghháire leí féin. Bheadh Nollaig ar dóigh acu i mbliana. Bhí lámh chíocrach ag sracadh ar aprún Aintín Mháirín. 'Na déan dearmad d'ár scéal!' a d'impigh Eimear, a cuid grua bán-dearg leis na sceitimíní. 'Cinnte ní dhéanfaidh,' arsa sí ag cuir Eimear ar a suaimhneas. 'Ligigí dom an tolg a tharraingt in aice leis an tine.'

Neadaigh na páistí síos idir na cúisíní, bhreathnaigh siad uirthi agus í ag stócáil faoi'n tine mhóna sa tinteán agus ag cuir coinnle na Nollag sa bhfuinneog.

Faoi dheire bhí gach rud ina cheart agus bhí na páistí in ann éisteacht le scéal speisialta Aintín Mháirín.

Fadó

'Seo scéal,' a thosaigh sí i nguth ciúin, os íseal, 'faoi bhean darbh ainm Muire, fear darbh ainm Iósaef agus leanbh beag a bhí ar tí teacht ar an saol.'

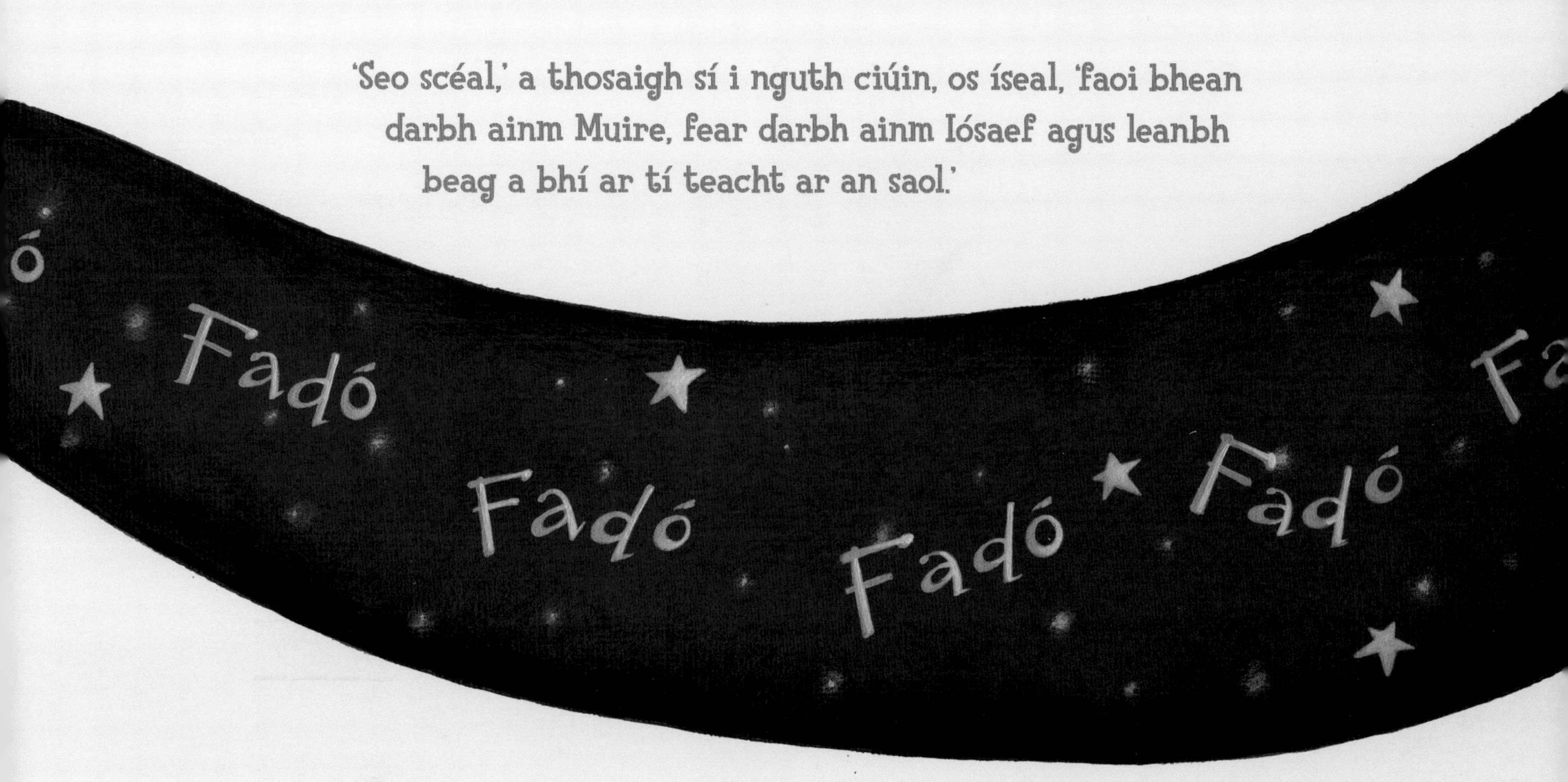

'Ní gnáth scéal é seo,
is scéal neamhghnáth amach agus amach é,
is scéal ársa é, scéal atá á insint le níos mó ná dhá mhíle bliain.
Scéal a d'inis mo mháthair dom nuair a bhí mé ar chomhaois libh-se,' ar sí ag déanamh mion-gháire leis na páistí.

'Agus thosaigh an scéal ar fad ar an oíche speisialta sin ... fadó, fadó.'

'Dúradh gurbh oíche álainn a bhí ann. Bhí an spéir dorcha agus bog agus cosúil le veilbhit agus beo le réalta bídeacha. Dúradh go raibh solas crochta san aer cosúil le deannach lonrach drithleach. Dúradh go raibh rud éigin rúndiamhrach agus draíochta ar tí tarlú.'

Thit ciúnas agus suaimhneas ar an chistin bheag.

'Bhuel, ar an oíche úd bhí Muire agus Iósaef i mBeithil. Bhí siad tar éis an t-aistear a dhéanamh óna mbaile dúchais i Nazarat. Bhí an t-Impire, Céasar Agust, ag iarraidh a fháil amach cé mhéad daoine a bhí ina gcónaí ina ríocht, dá bhrí sin bhí ar Mhuire agus ar Iósaef taisteal an bealach ar fad go Beithil - go dtí an baile arbh as do chlann Iósaef - chun leabhar mór a shíniú agus filleadh abhaile arís ina dhiaidh sin.'

'Ach nuair a bhain siad an ceann scríbe amach bhí Beithil plódaithe le daoine. Bhí mná agus páistí agus fir i ngach áit, iad go léir ag cuartú áite chun fanacht ann. Ní raibh spás ar bith fágtha i gceann ar bith de thithe ósta na háite, agus droch-scéal a bhí ansin mar bhí an t-am ag teacht nuair a saolófaí leanbh Mhuire.'

'Muire bhocht,' arsa Eimear. 'Tá súil agam go mbeidh sí ceart go leor.'
'Ó, ná bí buartha, a thaisce,' arsa Aintín Máirín go muiníneach, 'is gaire cabhair Dé ná an doras!'

'Anois, níl a fhios ag éinne go cinnte conas ar tháinig siad ar áit, ach d'aimsigh siad áit sa deireadh thiar agus de réir an scéil rugadh buachaill do Mhuire i mbogtheas stábla. Chlúdaigh sí a taisce beag i mbindealáin agus chuir sí ina chodladh é i máinséar.'

'Agus choinnigh na ba agus an t-asal te é!' arsa Liam de ghlór beag caol.

'Ach cad faoi na haoirí?' arsa Eimear agus í ag tógáil an mhainséir cheoil anuas ón fhuinneog. 'Tá siad ag teacht,' arsa Aintín Máirín go caoin. Dhruid Eimear a cuid súile go teann agus ceart go leor chonaic sí na haoirí ag teacht anuas ón sliabh, ina nduine agus ina nduine. 'Anuas leo le caoirigh agus le huain,' arsa Aintín Máirín, ag breathnú isteach sa tine di, 'agus nach acu-san a bhí na scéalta iontacha, faoi aingil, solais drilseacha agus ceol binn.'

'Bhí siad tar éis a gcuid páirceanna a fhágáil chun teacht ar leanbh a ndúirt na haingil leo faoi go mbeadh sé clúdaithe le bindealáin agus ina luí i máinséar. Agus b'shin é ansin! Ár Slánaitheoir féin s'againn féin!'

'Agus thug na Trí Ríthe a lán brontannais leo!' arsa Liam, é ar bior agus ag breathnú ar an tábla ag cuir thar maoil le sócamais.

'Thug siad cinnte!' arsa Aintín Máirín. 'Tháinig siad ón Oirthear, tá a fhios agaibh. Bhí siad-san ag cuartú linbh freisin! Ar dtús chuaigh siad go hIarúsailéim. Ach ní raibh an leanbh ansin. Ansin thaispeán réalt geal bealach Bheithil dóibh. Tháinig siad le brontannais áille, **miorr**, **ór** agus **túis**. D'umhlaigh siad os comhair an linbh sar ar shiúil siad amach go ciúin i ndorchadas na hoíche.'

'Nárbh ait an rud é sin!' arsa Liam agus é ag gáire. 'Is dóigh liom gur cheap Muire an rud céanna,' arsa Aintín Máirín, ag aontú le claonadh den cheann. 'Bhí a fhios aici go raibh rud éigin speisialta ag titim amach. Rinne sí gach rud a chonaic sí agus a chuala sí an oíche sin a thaisceadh ina croí istigh.'

Go tobann líon an chistin bheag suas le ceol bog,

'Oíche chiúin, oíche Mhic Dé'.

Bhí an ceol ag teacht ón mhainséar cheoil!

Rug Aintín Máirín barróg mhór ar na páistí. 'Ná déanaigí dearmad riamh,' ar sise os íseal, lena guth bog trom ...

is scéal neamhghnáth amach agus amach é.
Scéal atá á insint le níos mó ná dhá mhíle bliain.
Scéal a d'inis mo Mhamaí dom.
Scéal gur féidir libh-se é a insint freisin!'

'An féidir liom-sa an scéal a insint an bhliain seo chugainn, a Aintín Mháirín?' arsa Eimear agus í ag méanfach.

Ach sarbh fhéidir le hAintín Máirín freagra a thabhairt bhí Eimear tar éis í féin a shoipriú lena deartháir óg agus thit sí ina cnap codlata. Níor mhothaigh na páistí Aintín Máirín ag piocadh suas an phluid bhog clúmhach ó dhroim an toilg agus á gclútharú isteach. Ní fhaca siad í ag múchadh coinnle na Nollag. Ní fhaca siad í, sa solas bog cois tine, ag cromadh a cinn agus ag gabháil buíochais do Dhia as breith a mhic an oíche Nollag seo.